乖女孩

Snill

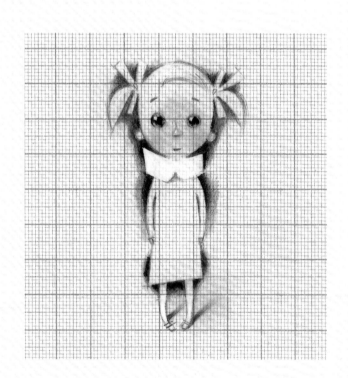

格羅・達勒 Gro Dahle 著

思衛恩・尼乎斯 Svein Nyhus 繪

林蔚昀 譯

看看露西！
喔， 看看露西！

看， 她多安靜！

她像白粉筆和白紙一樣安靜，
她像明亮的玻璃櫃一樣安靜。

因為露西只是做她該做的。
看， 她笑得多好看！
她乖乖寫作業， 乖乖讀書，
點頭， 微笑， 有禮貌的舉手發問。

沒錯， 看看露西。
多麼乖巧的女孩！
是啊， 多麼乖巧的女孩！

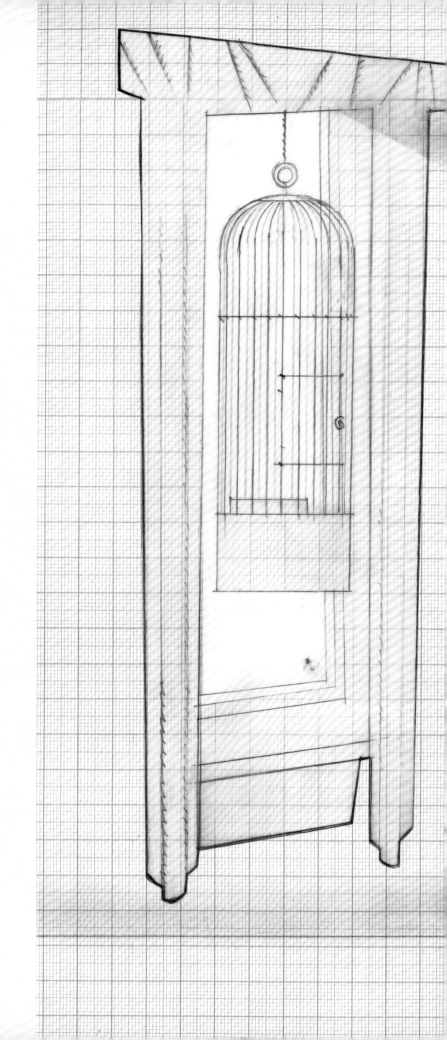

看看露西的作業簿！
多麼整齊乾淨！

多麼井井有條！
每個字都像士兵，
數字整齊行軍，
一、二、一、二， 抬頭挺胸，
立正站好。
多麼傑出的作業簿！
完全沒有鬼畫符。

看看露西的手，
看看露西的指甲。
長度適中，
不會太短， 也沒有變形，
沒有啃得亂七八糟， 也沒有藏汙
納垢。

看看露西的手指！
白淨粉嫩。
她不挖鼻孔，
不把手放進嘴巴，
也不會去摳髒兮兮的洞穴。
因為露西的手只做它們該做的。
多麼優秀的手指！

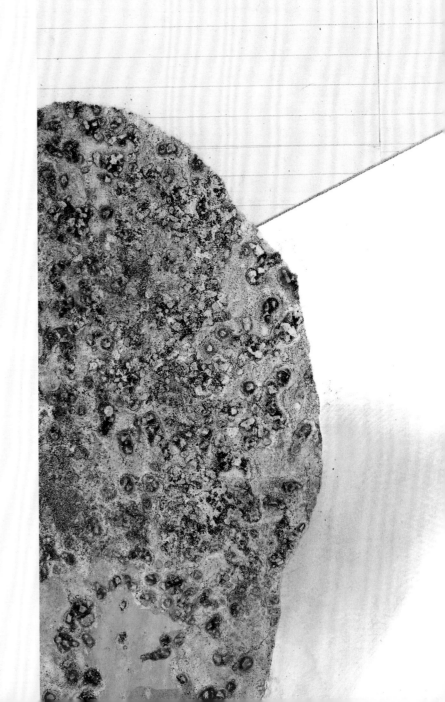

看看露西的嘴巴！

你看到她的牙齒有多麼潔白閃亮嗎？

從她嘴裡完全不會吐出任何骯髒、醜陋、黑暗的字眼。

因為露西的嘴巴漂亮又乾淨。

露西會從上下左右，

刷十乘以十乘以十次的牙。

你看過這麼漂亮的東西嗎？

這麼乾淨的東西？

你看過這樣的嘴巴嗎？

沒有人問，它絕對不會出聲。

露西漂亮又乖巧，

而且啊，她還是個聰明的女孩！

她是媽媽的心肝寶貝，

爸爸的掌上明珠，

她是世界上最漂亮的女孩！

珍珠！ 小星星！

看看， 多棒的女孩！

聽聽， 多棒的女孩！

她完全不吵不鬧！

她好乖， 好用功， 好安靜，

比平常的安靜還安靜一千萬倍，

甚至一兆倍。

她是這麼安靜， 有一天她消失了。

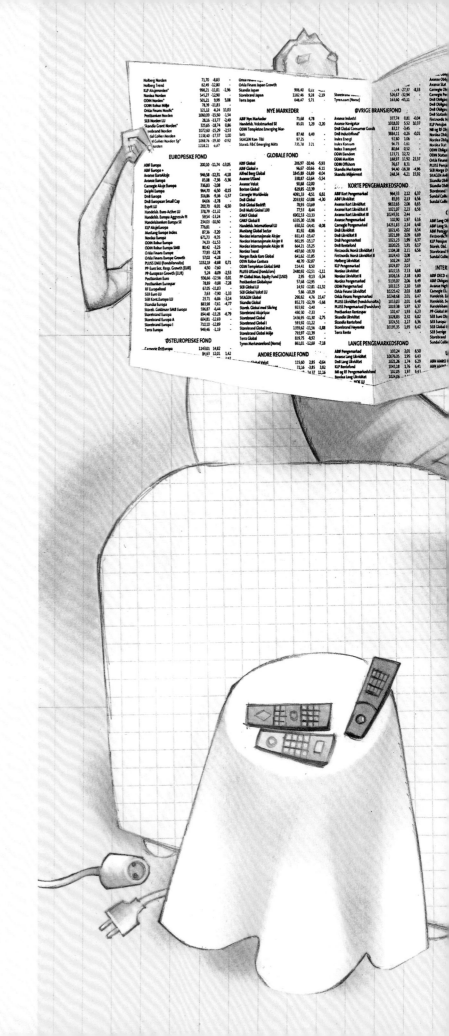

再也沒有人看得到她。
再也沒有人聽得到她。
沒有人知道， 她其實一直都在那裡。
因為她沒辦法隨便開口，
只能舉手等著發問。
沒有人注意到她，
因為她就是那麼安靜又聰明。

媽媽忘了她。
爸爸忘了她。
老師忘了她。
教室裡所有的同學都忘了她。

露西一直舉著手等，
因為她沒辦法隨便開口。
如果沒有人問她，
她漂亮的嘴巴，
不會吐出一個字。

最後她融入牆中消失了。
不是一下子，
不是幾分鐘，
不是去小便，
而是完全消失了。
整個人，完完全全，絕對，
終於消失了。

「露西！」媽媽叫。
「露西！」爸爸叫。
「露西！」老師叫。
「露西！」所有的孩子叫。

但是沒有人找到她。
甚至連高大的學校警衛也找
不到她。

因為露西被困在牆裡。
當她試圖張開嘴巴，
她沒有辦法。
她只能眨眼。
但是沒有人看到。
沒有人聽到。

14.45

7.45   18.00

21.00   21.15

00.15   00.30

.15   03.30   03.45

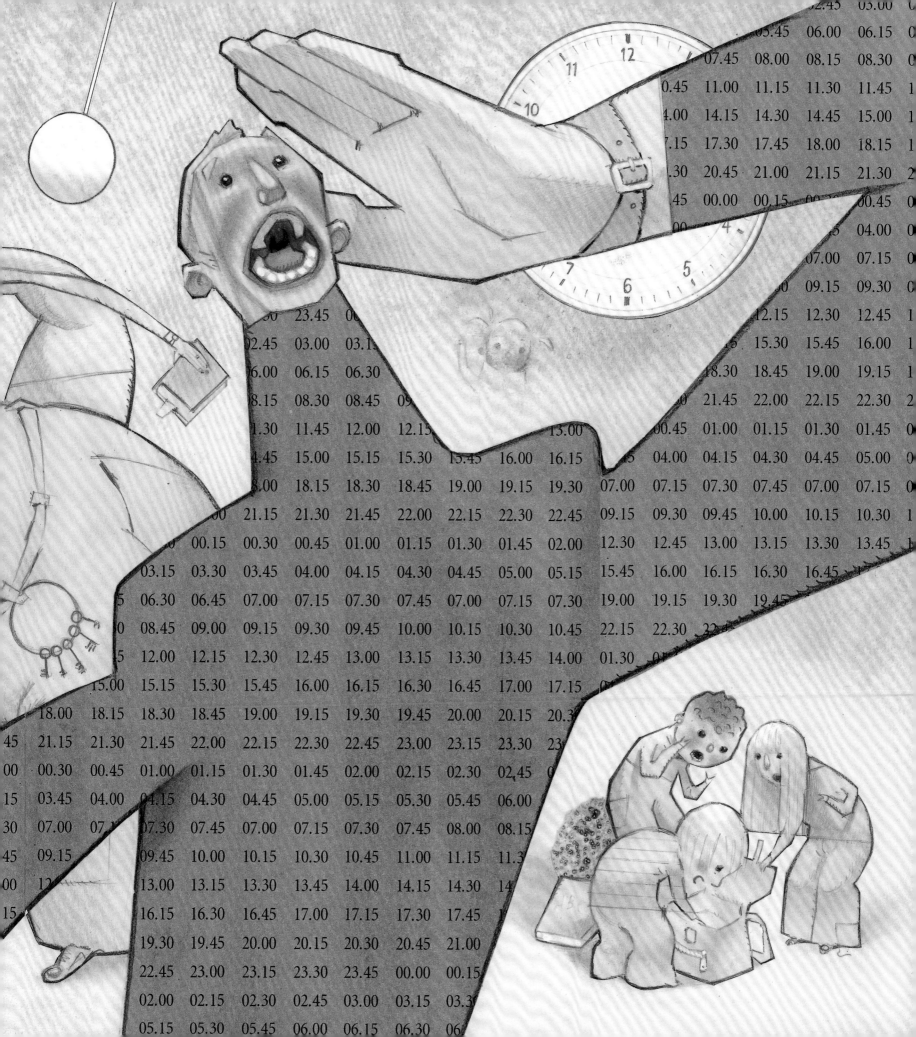

媽媽哭泣，爸爸生氣。
老師搖頭。
校長來了，
警察來了，
市長來了。
大家都在同一時間大喊大叫，
沒有人看到或聽到任何事。

為了尋找露西，
最後連消防隊員也來了。
他們在樹上和很深的洞穴裡找
露西，
他們在地下室和黑暗的閣樓找
露西，
他們在高高的屋頂上找露西。

但是露西困在牆裡，
當她試圖喊叫，
她沒有辦法。
因為她的聲音卡在嘴巴裡，
她的嘴巴卡在微笑裡，
而微笑，
就只會微笑。

你現在看到露西了嗎？
你看到牆中的她了嗎？
可憐的露西，
她會在那裡待一百年。
一千億秒。
因為露西是牆中的囚犯。
那裡是那麼、那麼的安靜，
像是牙齒和刀子，像是閃亮的
金屬。
像是玫瑰的刺和縫衣針，
像是銳利的指甲。
那裡安靜得像是釘子和螺絲，
像是蜜蜂的毒針。

你看到她在微笑嗎？
沒錯，微笑。
因為她什麼別的都不會。
因為露西是微笑的囚犯。

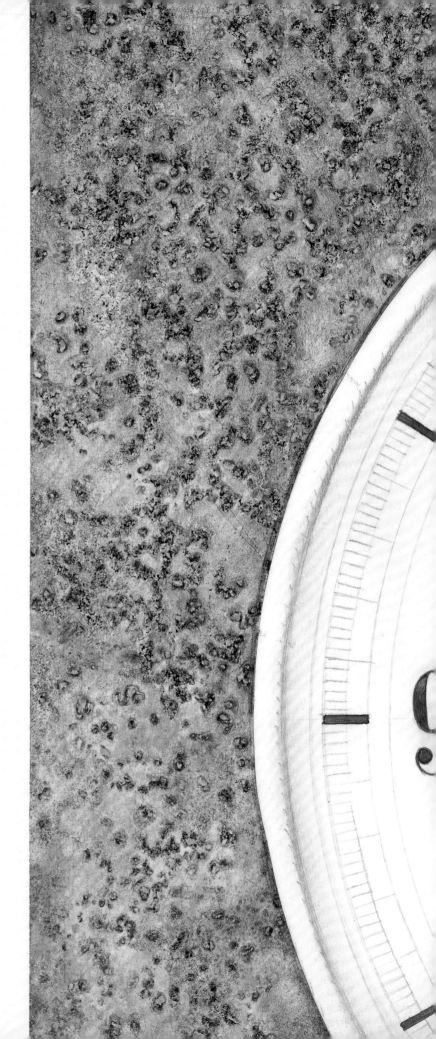

突然露西感覺到，她的喉嚨在癢。

有東西在抓她的喉嚨。

嘶嘶、沙沙、嘎嘎，破裂。

一聲喊叫從她肚子裡竄出。

在嘴裡擴大。

然後她的微笑碎成一萬個碎片。

露西站直了身子，放聲大叫。

露西扯開喉嚨大吼。

她變成榔頭，開始敲打。
她變成鑿子、鑽頭、鐵撬。
她變成牛，用頭去撞。
她變成肉槌，用拳頭砸。
她變成馬，用腳去踢。
她變成坦克，衝破牆壁，
灰泥四處紛飛。

她變成剪刀，
剪破壁紙。
她不斷猛烈撞擊，地板都因此
搖撼。

難怪連老師都嚇呆了！
「到底是什麼鬼東西啊！」
老師說，然後躲到了最黑暗的角落，
所有角落中最最最黑暗的那一個。
他躲在那裡一動也不敢動，
可憐的傢伙。

露西破牆而出，
木屑四處狂飛，灰塵也紛紛落下。
現在大家都能清楚看到露西了，
清楚到不能再清楚。
露西大聲吼叫，
連天花板都在震動。

「夠了！」
露西大吼。
露西真是受夠了。
忍無可忍的受夠。
大家應該都懂了。

看看露西！

老師看著露西，
警衛看著露西，
露西的媽媽看著露西，
露西的爸爸看著露西，
校長、 叔叔、 阿姨、
二十個警察、
十三個穿著制服的勇敢消防隊員
都在看露西。
大家都在看露西，
因為露西從牆中出來了。

看看露西！
多麼髒的女孩啊！
這女孩頂著一頭亂髮，
這女孩有辦法踢倒椅子！
這女孩的吼叫，
能夠驚醒沉睡的熊！
爸爸嚇得躲到了衣櫃後。
她的吼聲大到
連芬蘭都聽得到。

但是露西，怎麼了？

露西不叫了，
她不踢椅子了，
她也沒在跺腳了，
她不叫，也沒在亂動。
噓……
露西在聽。
噓……
大家都在看露西，
而露西在看牆壁。
噓……
好安靜的聲響。
好安靜的聲音。
好安靜的尖叫。
好安靜的大吼。
是什麼？
是誰？在哪裡？

誰在那裡？
裡面是誰？
還有誰？
有人在低語。
有人走了出來。

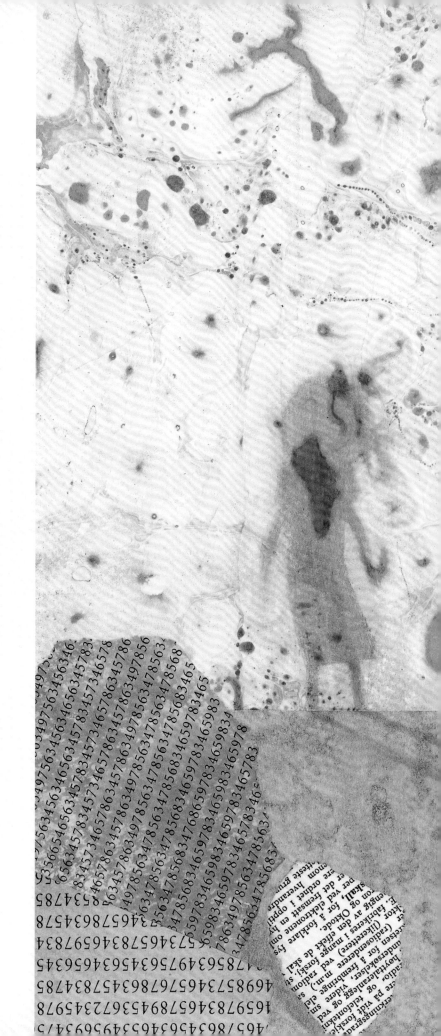

你們看看牆上！
小小的腦袋鑽了出來。
小小的微笑，小小的鼻子，
一個，又一個。
漢娜，
米亞，
艾娃，
卡夏，
艾娃琳娜，
瑪婷娜，
多明妮卡，
安妮卡，
蘇莎，歐拉，小寶拉。
你們看到了嗎？ 她們正在左顧
右盼，小心張望。
她們從牆中走出來了。
一個，兩個，三個，四個。

「來，出來吧。」露西說，
然後伸出手。
於是，幾乎透明的小希維亞，
就這麼搖搖晃晃，
一步一步的走了出來，
咚，咚，咚。

現在又有新動靜了？
看看牆上！
是曾祖母喬安娜‧瑪蒂達出來了，
千真萬確，是她本人！
「妳一直都在那裡？」媽媽問。
「我們以為妳失蹤了！」爸爸
邊說，邊攙扶著曾祖母走出來。
她彎腰駝背，搖搖欲墜，
但是看啊，她在微笑！還向大家
揮手！
她清清喉嚨，然後說話了。
「喔，露西！」曾祖母說：
「妳真是個厲害的女孩，
竟然可以打破牆壁，開出一條
路！」

「嗯。」露西說。
現在她的聲音已經平靜下來了。

接下來呢？
也許別的地方還有別的牆？
也許還有更多隱形的女孩？
也許還有人在等？
也許還有某個老奶奶
被困在某處？

「她們怎麼辦？」露西想，然後
大大的打了個呵欠，
甚至連她的頜骨都喀喀作響，
所有的牙齒也都露了出來。
她打的呵欠是如此之大，
如果有人看進去，
可以看到整個宇宙。
因為露西已經累壞了。

「她們得自己想辦法。」露西想。
因為露西現在要回家吃飯了。
她現在是個很餓的女孩！
她想要吃很多很多的東西！
她餓得可以吃下一整匹馬、一隻
小乳豬、包心菜、胡蘿蔔和豌豆，
還有十五根細細的小香腸。
真是厲害的女孩！

作者
格羅・達勒（Gro Dahle）

一九八七年達勒以詩集《觀眾》（Audience）嶄露頭角，此後，寫了許多詩集和童書。達勒以純真、富於想像、幽默、靈敏的風格脫穎而出，是一位自成一格的詩人。經常關注心理問題及人與人的關係。有超過五十部的詩集、小說、短篇故事、兒童戲劇、廣播劇以及童書作品。在一九九九年挪威的「卑爾根國際藝術節」上，她是官方指定的節慶表演詩人。

達勒的作品得過許多獎項。繪本《生氣的男人》榮獲挪威文化及宗教事務部年度最佳童書獎，是一本探討家庭暴力的繪本。《乖女孩》則獲得挪威伯瑞格最佳兒童讀物獎的肯定，也在挪威、波蘭改編為戲劇與動畫。

繪者
思衛恩・尼乎斯（Svein Nyhus）

一九六二年出生，挪威人，畢業於挪威國家工藝美術學院，知名童書作家、畫家和藝術家。多次獲得挪威國家級童書大獎，包括挪威文化及宗教事務部頒發的最佳童書獎。他的妻子，也就是本書作者格羅・達勒是挪威著名詩人，兩人常一起合作出書。思衛恩・尼乎斯作品眾多，經常在個人部落格 SveinNyhus.blogspot.com 分享自己的創作經驗。作品有《為什麼國王一家人不戴皇冠》、《生氣的男人》、《乖女孩》等。

譯者
林蔚昀

一九八二年生，台北人。長年致力在華語界推廣波蘭文學，於二○一三年獲得波蘭文化部頒發波蘭文化功勳獎章，是首位獲得此項殊榮的台灣人。著有《我媽媽的寄生蟲》、《易鄉人》、《自己和不是自己的房間》等書，譯有《如何愛孩子：波蘭兒童人權之父的教育札記》、《布魯卡的日記：波蘭兒童人權之父柯札克的孤兒之家故事》、《當我再次是個孩子：波蘭兒童人權之父選集》等作。

小麥田繪本館
Snill

小麥田　乖女孩

作　　　者	格羅・達勒（Gro Dahle）
繪　　　者	思衛恩・尼乎斯（Svein Nyhus）
譯　　　者	林蔚昀
封面設計	翁秋燕
內頁編排	江宜蔚
責任編輯	蔡依帆
國際版權	吳玲緯
行　　　銷	闕志勳 吳宇軒 余一霞
業　　　務	李再星 李振東 陳美燕
總　編　輯	巫維珍
編輯總監	劉麗真
事業群總經理	謝至平
發　行　人	何飛鵬

出　　版　小麥田出版
　　　　　115 台北市南港區昆陽街 16 號 4 樓
　　　　　電話：(02)2500-0888 ｜ 傳真：(02)2500-1951
發　　行　英屬蓋曼群島商家庭傳媒股份有限公司
　　　　　城邦分公司
　　　　　115 台北市南港區昆陽街 16 號 8 樓
　　　　　網址：http://www.cite.com.tw
　　　　　客服專線：(02)2500-7718 ｜ 2500-7719
　　　　　24 小時傳真專線：(02)2500-1990 ｜ 2500-1991
　　　　　服務時間：週一至週五 09:30-12:00 ｜ 13:30-17:00
　　　　　劃撥帳號：19863813　戶名：書虫股份有限公司
　　　　　讀者服務信箱：service@readingclub.com.tw

香港發行所　城邦（香港）出版集團有限公司
　　　　　香港九龍土瓜灣土瓜灣道 86 號順聯工業大廈 6 樓 A 室
　　　　　電話：852-2508 6231
　　　　　傳真：852-2578 9337
馬新發行所　城邦（馬新）出版集團 Cite(M) Sdn. Bhd
　　　　　41, Jalan Radin Anum,
　　　　　Bandar Baru Sri Petaling,
　　　　　57000 Kuala Lumpur, Malaysia.
　　　　　電話：(603) 9056 3833
　　　　　傳真：(603) 9057 6622
　　　　　讀者服務信箱：services@cite.my
麥田部落格　http:// ryefield.pixnet.net
印　　刷　漾格科技股份有限公司
初　　版　2022 年 10 月
初版三刷　2024 年 7 月
售　　價　399 元
版權所有 翻印必究
ISBN 978-626-7000-82-3
本書若有缺頁、破損、裝訂錯誤，請寄回更換。

SNILL (GENTLE) © CAPPELEN DAMM AS, 2009
SNILL (GENTLE) © J.W. Cappelens Forlag, 2002
This edition published by arrangement with Cappelen Damm
Agency in association with The Grayhawk Agency.
Traditional Chinese translation copyright © 2022 by Rye Field
Publications, a division of Cite Publishing Ltd.
All rights reserved.

城邦讀書花園
www.cite.com.tw
書店網址：www.cite.com.tw

國家圖書館出版品預行編目資料

乖女孩 / 格羅・達勒 (Gro Dahle) 著；思衛恩・尼乎斯 (Svein
Nyhus) 繪 . -- 初版 . -- 臺北市：小麥田出版：英屬蓋曼群島商
家庭傳媒股份有限公司城邦分公司發行, 2022.10
　面；　公分 . -- (小麥田繪本館)
譯自：Snill
ISBN 978-626-7000-82-3(精裝)

881.4599　　　　　　　　　　　　　　　111014197